기획의 말

그리운 마음일 때 'I Miss You'라고 하는 것은 '내게서 당신이 빠져 있기(miss) 때문에 나는 충분한 존재가 될 수 없다'는 뜻이라는 게 소설가 쓰시마 유코의 아름다운 해석이다. 현재의 세계에는 틀림없이 결여가 있어서 우리는 언제나 무언가를 그리워한다. 한때 우리를 벅차게 했으나 이제는 읽을 수 없게 된 옛날의 시집을 되살리는 작업 또한 그 그리움의 일이다. 어떤 시집이 빠져 있는 한, 우리의 시는 충분해질 수 없다.

더 나아가 옛 시집을 복간하는 일은 한국 시문학사의 역동성이 드러나는 장을 여는 일이 될 수도 있다. 하나의 새로운 예술작품이 창조될 때 일어나는 일은 과거에 있었던 모든 예술작품에도 동시에 일어난다는 것이 시인 엘리엇의 오래된 말이다. 과거가 이룩해놓은 질서는 현재의 성취에 영향받아 다시 배치된다는 것이다. 우리는 현재의 빛에 의지해 어떤 과거를 선택할 것인가. 그렇게 시사(詩史)는 되돌아보며 전진한다.

이 일들을 문학동네는 이미 한 적이 있다. 1996년 11월 황동규, 마종기, 강은교의 청년기 시집들을 복간하며 '포에지 2000' 시리즈가 시작됐다. "생이 덧없고 힘겨울 때 이따금 가슴으로 암송했던 시들, 이미 절판되어 오래된 명성으로만 만날 수 있었던 시들, 동시대를 대표하는 시인들의 젊은 날의 아름다운 연가(戀歌)가 여기 되살아납니다." 당시로서는 드물고 귀했던 그 일을 우리는 이제 다시 시작해보려 한다.

기획의 말

그리운 마음일 때 'I Miss You'라고 하는 것은 '내게서 당신이 빠져 있기(miss) 때문에 나는 충분한 존재가 될 수 없다'는 뜻이라는 게 소설가 쓰시마 유코의 아름다운 해석이다. 현재의 세계에는 틀림없이 결여가 있어서 우리는 언제나 무언가를 그리워한다. 한때 우리를 애타게 했으나 이제는 읽을 수 없게 된 옛날의 시집을 되살리는 작업 또한 그 그리움의 일이다. 어떤 시집이 빠져 있는 한, 우리의 시는 충분해질 수 없다.

더 나아가 옛 시집을 복간하는 일은 한국 시문학사의 역동성이 드러나는 장을 여는 일이 될 수도 있다. 하나의 새로운 예술작품이 창조될 때 일어나는 일은 과거에 있었던 모든 예술작품에도 동시에 일어난다는 것이 시인 엘리엇의 오래된 말이다. 과거가 이룩해놓은 질서는 현재의 성취에 영향받아 다시 배치된다는 것이다. 우리는 현재의 빛에 의지해 어떤 과거를 선택할 것인가. 그렇게 시사(詩史)는 되돌아보며 전진한다.

이 일들을 문학동네는 이미 한 적이 있다. 1996년 11월 황동규, 마종기, 강은교의 청년기 시집들을 복간하며 '포에지 2000' 시리즈가 시작됐다. "생이 덧없고 허기질 때 이따금 가슴으로 암송했던 시들, 이미 절판되어 오래된 명성으로만 만날 수 있었던 시들, 동시대를 대표하는 시인들의 젊은 날의 아름다운 연가(戀歌)가 여기 되살아납니다." 당시로서는 드물고 귀했던 그 일을 우리는 이제 다시 시작해보려 한다.

쉬!

문학동네포에지 042

문인수 시집

쉬!

시인의 말

'재미'라는 말 안에 인생 전부,
전반을 욱여넣고 말할 수 있다면, 그렇게 말해본다면
나는 아직 시 쓰려는 궁리,
쓰는 노력보다 더 그럴듯한 일이 없는 것 같다.
이 한 욕심이 참 여러 사람 불편하게 하는 줄 안다.
그런데도 나는 계속 시를 쓴다.
가끔, 뻔뻔스럽다는 생각이 든다.
도대체, 끝장낼 수 없는 시여
"넘겨도 넘겨도 다음 페이지가 나오지 않는……"

2006년 1월
문인수

차례

3부

4부

1부

달북

저 만월, 만개한 침묵이다.
소리가 나지 않는 먼 어머니,
아무런 내용도 적혀 있지 않지만
고금의 베스트셀러 아닐까
덩어리째 유정한 말씀이다.
만면 환하게 젖어 통하는 달,
북이어서 그 변두리가 한없이 번지는데
괴로워하라, 비수 댄 듯
암흑의 밑이 투둑, 타개져
천천히 붉게 머리 내밀 때까지
억눌러라, 오래 걸려 낳아놓은
대답이 두둥실 만월이다.

쉬

그의 상가엘 다녀왔습니다.

환갑을 지난 그가 아흔이 넘은 그의 아버지를 안고 오줌을 뉜 이야기를 들었습니다. 생의 여러 요긴한 동작들이 노구를 떠났으므로, 하지만 정신은 아직 초롱 같았으므로 노인께서 참 난감해하실까봐 "아버지, 쉬, 쉬이, 어이쿠, 어이쿠, 시원허시것다아" 농하듯 어리광 부리듯 그렇게 오줌을 뉘었다고 합니다.

온몸, 온몸으로 사무쳐 들어가듯 아, 몸 갚아드리듯 그렇게 그가 아버지를 안고 있을 때 노인은 또 얼마나 더 작게, 더 가볍게 몸 움츠리려 애썼을까요. 툭, 툭, 끊기는 오줌발, 그러나 그 길고 긴 뜨신 끈. 아들은 자꾸 안타까이 따에 붙들어매려 했을 것이고, 아버지는 이제 힘겹게 마저 풀고 있었겠지요. 쉬—

쉬! 우주가 참 조용하였겠습니다.

덧니

—이성선 시인을 추모함

그의 관 위에 손을 얹었다.

생전에 참 선한 인상이던 그의 미소가 한 마리 흰나비 같다. 잡힐 듯 사뿐 날아올라서 창공 멀리 사뿐사뿐 스며드는 것 본다.

그리하여 죽음 또한 한 표정을 갖는구나.
사방 구만리가 고요한 하늘의 덧니, 저 맑은 낮달

뭐라 하는가,

함께 인도 여행을 하자던 그의 말의
낙엽, 우주가 내 몸에 손을 얹었다.*

* 이성선 시인의 시 「미시령 노을」에서 빌림.

벽의 풀

풀들은 어떻게 시멘트를 삭이는가, 사귀는가.

이 도시의 4차선 도로변을 따라 높게 둘러쳐진 옹벽엔 오래전부터 깊은 금이 구불구불 길게 가 있다.

이 거대한 위압 아래가 한동안 고요한 때가 봄이다.

상처에 자꾸 손이 가고 슬픔이 또 새파랗게 만져지는 것처럼

금간 데를 디디며 풀들이 줄지어 돋아나 자란 것이다.

산야의 풀들에 비해 물론 몹시 지저분하고 왜소하지만 명아주 바랭이 참비름 강아지풀 같은 제 이름, 초록 정강이의 제 중심을 잘 잡고 있다.

생이 곧 길이어서 달리 전할 말이 없는 풀들,

흙먼지며 매연, 저 숱한 차량들의 소음까지도 꽉꽉 다져넣어 밟으며 빨며 더듬더듬 더듬어 풀들은 또 풀들에게로 넘어가고 있다. 천산북로,

누더기의 몸들이 누대 누대 닦아가고 있다.

고인돌

죽음은 참 엄청 무겁겠다.

깜깜하겠다.

초록 이쁜 담쟁이넝쿨이 이 미련한, 시꺼먼 바윗덩이를 사방 묶으며 타넘고 있는데, 배추흰나비 한 마리가 그 한복판에 살짝 앉았다,

날아오른다. 아,

죽음의 뚜껑이 열렸다.

너무 높이 들어올린 바람에

풀들이 한꺼번에 다 쏟아져나왔다.

그 어떤 무게가, 암흑이 또 이 사태를 덮겠느냐. 질펀하게 펼쳐지는,

대낮이 번쩍 눈에 부시다.

고인돌 공원

저것들은 큰 웅변이다.
시꺼먼 바윗덩어리들이 그렇게
낮은 산자락
완만한 경사 위에 무겁게 눌러앉아 있다. 그러나
인부들은 느릿느릿 풀밭을 다듬다가 가장 널찍한
바위 그늘로 들어가 점심 먹고 쉰다. 쉬는 것이 아니라
나비 발아래마다 노오란 민들레
낮별 같은 꽃이 연신 피어나느라, 반짝이느라
바쁘다. 지금 아무것도 죽지 않고
죽음에 대해 허퍼 귀기울이지도 않으니 머쓱한
어른들처럼
군데군데 입 꾹 다문 바위들,
오래 흘러왔겠다. 어느덧
신록 위에 잘 어울린다.

성밖숲

성 밖엔 숲이 있었다. 그 언제 읍성은 허물어지고
허물어져 이미 자취 없지만
숲은 남아 지금도
사람들은 성 밖 나가는 거고, 성 밖 숲 가는 거다. 경상북도 성주군 성주읍 왕버들 숲엔
오래된 기억처럼 나이테처럼 고목들이 껴안은 험준한 읍성이 그대로 있다.

다시 백년, 또 백년 후
사람들은 모르고 한마디 말 속 나무 속 들어갔다, 성 밖으로 나간다. 이 숲 그늘에 들어 여러 행사를 벌이지만 오늘도
등 굽은 나무들은 물끄러미,
아니, 자세히 살펴본다.
한번 떠난 이 그 누구도 다시는 돌아오지 않는다.

성밖숲에 해 지고 나무도 늙어 그런지
더 어두워지는 기미가, 성문 닫히는 소리가 많이 굼뜨다.

꽃

말이 되지 않는다. 손아귀에 꽉 꽉 꽉 구겨 쥔 에이포 용지를 냅다 방구석으로 던졌다. 어, 처박힌 종이 뭉치에서 웬 관절 펴는 소리가 난다. 뿌드드드 드드 부풀어오르다, 부풀어오르다, 이내 잠잠해진다.

종이도 죽는구나.

그러나 입 콱 틀어막힌 그 마음의 밑바닥에 얼마나 오래 눌어붙어 붙어먹었으면, 그리고 그 무거운 절망. 기나긴 암흑의 산도를 얼마나 힘껏 빠져나왔으면 그토록 환하게 뼈 부러지게 기뻤을까.

누가, 날 구겨 한번 멀리 던져다오.

원서헌의 조상(彫像)

어머니, 동판에 새겨져 무표정하시다.
깊은 음영 주름살이 삼 껍질로 꼰 노끈 같다.
생전 마지막 모습만을 꽉 묶어놓아서
다른 말씀이나 겨를 보이지 않는다. 사랑이란 그저
꾹꾹 눌러담는 것. 필요 이상으로 쟁여 동여맨 진면목을
헌 보퉁이처럼
건망증처럼 깜깜 두고 가셨다. 먼길,
길 토막 같은 입석 목울대 꼭대기에
볼 때마다 덜컥, 얹어두고 가셨다. 코를 묻고 싶은 흙
냄새, 이 한 덩어리 검붉은 말년에.
끝물에, 키 높이 거친 돌 위에 지금 꽃핀 줄
모르신다. 연분홍 '치매' 입으셨나
어머니, 내 가슴은 참 여러 수틀 같다.

낮달이 중얼거렸다

이 슬픔 중에 낮달이 보인다.
저, 뭐라 중얼거린 것 같은데
달구질소리에 묻힌다.
다시 찾으려 하니 정작 잘 보이지 않는다.
산 아래, 대낮은 여러 갈래 길이 훤한데
더 여러 갈래 마음이 어둡다.
구름 옆이었을까,
소나무 꼭대기 짬을 뒤져보니 거기 있다.
낮달은 내처 간다. 분명,
인생에 대한 그 무슨 대답인 것 같은데
하늘엔 아무런 지형지물이 없으니
저 어렴풋한 말씀을
한자리에 오래 걸어두지 못하겠다.
또, 달구질소리에 묻힌다.

수장(樹葬)

나무 한 그루를 앉어 심는 것으로
무덤을 완성하면 어떨까.

평평하게 밟아
그 일생이 보이지 않으면 되겠다.

너무 많이 돌아다녀 뒤축이 다 닳은 족적은 그동안
없는 뿌리를 앓아온 통점이거나 죄,
쓸어모아 흙으로 덮는다면 잘 썩을 것이며
그 거름 빨아올려 내뿜는 한탄 무성하면 되겠다.

어떤 춤으로 벌서면 다 풀어낼 수 있겠는지,
느티나무든 측백나무든 배롱나무든 이제
오래 아름다운 감옥이었으면 좋겠다.

저 할머니의 슬하

할머니 한 분이 초록 애호박 대여섯 개를 모아놓고 앉아 있다.
삶이 이제 겨우 요것밖엔 남지 않았다는 듯
최소한 작게, 꼬깃꼬깃 웅크리고 앉아 있다.
귀를 훨씬 지나 삐죽 올라온 지게 같은 두 무릎, 그 슬하에
동글동글 이쁜 것들, 이쁜 것들,
그렇게 쓰다듬어보는 일 말고는 숨쉬는 것조차 짐 아닐까 싶은데
노구를 떠난 거동일랑 전부
잇몸으로 우물거려 대강 삼키는 것 같다. 지나가는 아낙들을 부르는 손짓,
저 허공의 반경 내엔 그러니까 아직도
상처와 기억들이 잘 썩어 기름진 가임의 구덩이가 숨어 있는지
할머니, 손수 가꿨다며 호박잎 묶음도 너풀너풀 흔들어 보인다.

새벽

목탁은 살구나무로 만든다.
살구나무의 일생이 송두리째 빠져나가면서
신새벽이 낳는 알일까
대가리 뭉툭한 질문 같은 것이 떠오른다.
한 줄로 길게 찢어지는 이 구멍은 또 무엇인가.
웃는 눈, 입 같다.
거기 귀를 갖다대니
새파란 하늘 냄새가 살구맛 난다.

허공은 허공끼리 잘 흘러들고 나는구나.
밤새도록 반짝반짝 어둠을 파내던 별들이, 저 향 맑은 소리가 전부 목탁 속으로 들어갈 때
예불은 끝나고
만상이 서로 이 닦은 듯 개운하게 다가오는
신새벽. 여명의 고요한 배냇짓을 보라,
목탁의 아가미가 숨쉬고 있다.

뿔, 시퍼렇게 만져진다

책상 모서리에 허리가 떠받혀 오래 아프다.
아시다시피 모서리의 안쪽이 구석이고
구석의 바깥쪽이 모서리인데
이 단단한 명암의 어떤 내용이
이 책상에서 불쑥 나온 원목의 어떤 일갈이
자꾸 거치적거리는 날 일부러 한 대 쥐어박은 걸까
그러나 무슨, 악의에 찬 공격은 아닌 것 같다. 다만
벌목 현장의 열대우림을 쩌억 갈라붙이며 우지끈
쓰러졌을 때, 그때 지축을 흔든 우레의 뿌리,
혹은 엄청난 수령의 짐승 울부짖는 소리가 저릿하다.
그 여진이겠지만, 아직도 직진인 것 같다.
창공을 찌르며 내처 홀로 가는 외뿔, 그런 정신이
노거수의 망한 몸인 이 책상 어디에
책상으로 가부좌를 튼 오랜 시간 내내
그대로 옹이 박혀 있었구나, 나는 종일 빈둥거렸으니
무슨 길을 잡아 열심히 공부한 것도 아니고
부질없는 근심들이 밀어올린 외로움은 쥐뿔도 아니어서
병인 것 같다. 오늘 다시
떠받힌 데를 들여다보니 멍이 다 들어 있다.
드높은 우듬지 끝이 시퍼렇게 만져진다.

우렁각시

설거지중에도 손놀림이 골똘하다.
훔쳐볼 때마다 절망적인,
깨끗하고 참한 비린내가 새파랗다. 사람들, 외롭고 삭막한데
저 참, 안타까운 천혜 지하자원이다.

나사처럼 말려올라가는 그리움은 현재 시각 독신이다. 옛사랑
잊지 못하는 여자는
혼자 앓는 행복이
땅속 깊은 데서 식물처럼 올라온다.
어둠은 지독한 넝쿨손을 가졌다.

2부

그림자 소리

지수제 난간에 어떤 남녀가 서 있다.
두 그림자 물에 길게 넌다. 막돌들 들여다보이는
얕은 시냇물, 빠짐없이 밟히는 것들의 물그늘 마르지
않고
관계란 참 마음 아픈 데가 옹기종기 너무 많은 것 같다.
또 붙어 한통속으로 힘껏 짜내는,
빠져나가는 물소리 물소리 하염없다.

바다책, 채석강

채석강의 장서는 읽지 않아도 되겠다.
긴 해안을 이룬 바위벼랑에
격랑과 고요의 자국 차곡차곡 쌓였는데
종의 기원에서 소멸까지
하늘과 바다가 전폭 몸 섞는 일, 그 바닥 모를 기쁨에 대해
지금도 계속 저술되고 있는 것인지
또 한 페이지 철썩, 거대한 수평선 넘어오는
책 찍어내는 소리가 여전히 광활하다. 바다책,
바다책, 바다책,
공부를 하지 않아도 되는 이 작은 각다귀들
각다귀들의 분분한 흘레질에도
저 일망무제의 필치가 번듯한 배경으로 있다.
이 푸른 내용의 깊이를 잴 수 있겠느냐
미친 듯 몸부림치며 헐뜯으며 울부짖는
사랑아, 옆으로 널어 오래 말리는
채석강엔 강이 없어서 이별 또한 없다.

바다책, 다시 채석강

민박집 바람벽에 기대앉아 잠 오지 않는다.
밤바다 파도 소리가 자꾸 등 떠밀기 때문이다.
무너진 힘으로 이는 파도 소리는
넘겨도 넘겨도 다음 페이지가 나오지 않는다.

아 너라는 책,

깜깜한 갈기의 이 무진장한 그리움.

등대

한 노인이 방파제 위를 걷고 있다.
한쪽은 잔잔하고 한쪽은 들끓는다.
눌린 어깨가 저려서 돌아눕거나
귀가 당겨서 또 돌아누울 때처럼 오늘도
방파제 위를 여러 차례 운동 삼아 왕복하고 있다.
비대칭의 탄탄대로여
노인의 걸음걸이가 많이 불편하다.
그러나 주춤주춤 밀어붙였을까
장대한 등대가 천천히 방파제 끝에서 일어서고
노을이 진다.
수평선 너머 붉게 내려가는
노인의 그물이 커다란 새 같다.

등대도 팔 힘을 쓴다

늙어 눈에 밟히느니 전부

내 청춘 아닌 것 없구나, 저 또한 이제 어화(漁花)*라 부르고 싶다.

혹한의 밤바다 파도 소리 멀리

꽃핀 고기잡이배들의 불빛.

저 차디찬 암흑의 악다구니 속에다

장약 쟁이듯 힘껏 뿌리를 박는 어로(漁撈)에게 늘 미안하지만 오늘도

아름답게만 내다보인다.

천천히 걸어나가는 중인 것처럼 방파제 끝까지 내다보인다.

등대도 팔 힘을 쓴다.

* '漁火'가 바른 말.

소나기

강원도 영월에 소나기재가 있다.
어린 단종이 청령포 들어가는 길에
이 고개에 이르자 마침 소나기를 만났다.
그로부터 소나기재가 되었다. 통곡의 원조,
소나기에도 이렇듯 그 발원지가 있구나,
생각하면서 나도 오늘 우연히
소나기 맞으며 소나기재를 넘었다.
빗길에 빗길에 소나기재를 넘는데, 누가
내 차에 하얗게 부서지며 올라타다가
눈앞을 가리며 막아서다가
그 슬픔 건네다줄 배가 없는지 누가
이 땅, 하늘의 목젖 저 소나기재 꼭대기에
자욱하게 서려 서 있는 것 보았다.

청령포

어린 단종에게 달리 그 무슨 괴력이라도 있었겠는지.

강원도 영월 청령포의 서강은 그러나 우리나라에서, 우리나라의 역사 중에서도 사람의 늑골 안쪽으로 가장 깊숙이 구부러져 들어오는 것 같다.

끄윽 끅, 제대로 잘 흘러가지 못한다.

제 목구멍 속으로 끄윽 끅, 끌려들어가는 저 강

건너편엔 어린 단종의 무덤이 있다. 이제 한창 볼이 붉을 나이에

슬픔의 힘으로 구부린 슬픔, 다시는 펴지 못한다.

항해

상사화는 2월 말과 7월 말, 잎 따로 꽃 따로 핀다.
이 유별난 생태를 해마다 뜰 한쪽 구석에서 들여다보게 되는데, 어떤 질긴 이념이 밀어올리는 거룩한 의식 같다.

시퍼렇게 번지는 잎의 춤, 연분홍 꽃의 목 긴 노래 다음에, 일막(一幕) 일막 다음에,
오랜 정적이 너무 크고 막막하다. 그 바다
수평선 너머에서 배 꼭대기 올라오는 것 같은 잎의 싹이,
꽃의 싹이 다시 보인다. 몸의 지옥을, 지옥의 만 파도를 돌아 빠져나오는 계절이
각기 다르다.

이 시차 안에 펼쳐질 저 신대륙이 궁금하다.
깡추위와 무더위 사이. 그러니까 한대와 열대 사이 어느 곳에 분통 같은 방 하나씩 있겠다. 아직 태어나지 않은,
망하지 않은 세계가 널리 아름답게 있겠다.
너라는 확신, 아 너라는 쪽의 막힌 길 위에 거듭 썩을 수 있을까 막무가내, 막무가내로
믿어 의심치 않는 이 이단에 끌린다. 아, 한배를 타고 싶다.

꽉 다문 입, 태풍이 오고 있다

새벽에 들어오는 고깃배들을 본다.
빈 그물엔 불가사리만 흉흉하게 붙어 있다.
밤새 건져올린 죽은 별들,
저것이 희망이었겠으나 힘껏 탁탁 털어낸다.

마음이 또 꽉 다무는 입, 저 긴 수평선.

방파제 굵은 팔뚝이
태풍의 살을 깊숙이 틀어잡고 있다.

꽉 다문 입, 휴가

옛집 뒤란 돌아 들어가는 데서 살짝 바다의 한쪽 끝이 내다보인다. 물항라 고운 치맛자락, 치맛자락, 같다. 마을 앞 긴 둑길이 그걸 붙잡는 내 마음이다. 갯바위 있는 데까지 따라 나갔다가 또

수평선 보고 온다. 아 배 넘어간 곳,

나도 자라면서 말수가 줄었다. 이제 또 묵묵히 짐을 챙긴다. 어머니, 위채에 올라가 아직 기도중이다. 또 올라가 홀로 오래 기도할 것이다. 많은 파도 소리가 따라왔다가 집 뒤 대숲에서 논다, 무수히 운다.

대숲 흔들리는 거, 두 팔 산자락이 마을 안아들이는 거 자꾸 돌아보인다. 아 배 넘어간 곳, 꽉 다문 입.

저 일획(一劃), 일소(一掃)의 힘이 나의 가계(家系)다.
그러나
그 바다의 꼬리가 또 이, 전상서의 새파란 붓질 같다.

2박 3일의 섬

2박 3일 일정으로 섬에 들어갔다.
섬은 허퍼 한 번도 섬을 구경하지 않았다.

바다가 바다를 구경하지 않듯이
파도 소리가 파도 소리를 구경하지 않듯이
갈매기가 갈매기를 구경하지 않듯이
수평선이 수평선을 구경하지 않듯이
통통배가 통통배를 구경하지 않듯이
일몰이 일몰을 구경하지 않듯이
별빛이 별빛을 구경하지 않듯이 또한
그 무엇도 다른 그 무엇을 구경하지 않듯이

바삐 바삐 어구를 챙기는 어부들,

한 팀 꽉 짜인 저 바다.

어깨 너머 기웃거리다 머뭇거리다 가는
나는 섬, 2박 3일 떠돈 섬이었다.

모항

변산반도 모항의 전경은 그림 같다.
길가 찻집 '호랑가시나무'에서 잘 내려다보인다.

해무 엷게 내뿜는 모항이 차츰 더 깊이 아름다워지고
있다. 그러나
호랑가시나무 찻집 그 어디에도 호랑가시나무가 없어서
없는 나무가 어째 허기처럼 널 불러일으킨다.

멀리 두고 온 너와 통화를 한다.

어미 모(母) 자일까, 모항의 첫 글자가 띠 모(茅) 자란
다. 입김처럼 천천히 띠를 두르는 촉기가
마음에 발리는 부재의 시간이며 뿌우연 젖이다.

지친 뱃길을 안는 저 긴 팔이여
눈앞을 가리는 감격이 모항이다.

민박

솟대 끝의 매?

매물도 상공에 매 한 마리 박혀 있다.

지금, 저놈도 섬이다.

나 또한 홀로 여기 앉아 날 노려보는 걸까

그래, 누구의 탓도 아니다.

내리꽂히는 매물도의 매,

섬은 하는 수 없이 또 그렇게

다시 섬이다.

바다 가는 길

바닷가 화진 휴게소에선 바다 가는 길이 막힌다.
지역 특산품점 앞엔 전시용 간이 덕장이 있고, 여러 줄
과메기 꽁치 떼가 무슨 두루마리 사연처럼
복잡한 철자처럼
꼬부랑 빽빽하게 널려 꾸득꾸득 물기 빠지고 있다. 매
점과 화장실 건물 사이엔 지금
직사각형의 바다가 꽉 차 솟을대문 같다. 그러니까
차에서 내리자마자 곧장 바다인 셈인데 웃기는 것은,
두 건물 사이
그 좁은 통로 초입 매점 쪽 벽 상단에
새파란 페인트 글씨로 '바다 가는 길'이라 써놓고, 같
은 색깔로
화살표 하나를 꼬부려 그려놓은 것. 하긴, 뾰족한 주둥
이가 그대로
바닷물에 꽂힐 듯 목마르다. 파닥, 파닥거리다 더는 못
간다, 가지 못한다.
동해안 먼길 바다 직전, 그리움이 내주는 길은 거기까
지다. 곳에, 목젖에 건들리며 펄럭이는 저 암흑
너무 크다. 너라는 비현실,
굳게 빗장 질린 데까지 가서 잔뜩 몸 웅크릴 것,
수음하며 수음하며 문장이여 말라붙어야 한다.

땅끝

끝났다. 모든 길은 또 이렇게 시작되었다.
땅끝마을 땅끝에다가 슬쩍
발끝을 갖다대보면서 씁쓸히 웃는다.
가파른 언덕 아래
밤바다 파도 소리가 폭풍을 안고 거칠다. 지느러미,
부레가 없는 지난날의 절망 따위여
포말, 포말,
캄캄하게 에워싸며 파랑 치던 야유를 기억한다.
다시 출발하자고 막 돌아섰으나
질풍노도라는 말, 혹은 말,
저놈의 기치, 저놈의 갈기를 잡고 올라타본 적 없다.
폐허의 옷이란 이미 휩쓸고 간 세월,
세월이 끝내준 것이라고는 도대체 청춘뿐이다.
지금은 늙어 아무것도 자멸하지 않고
땅끝마을 왔다가 돌아가는 초행길이지만
땅끝과 발끝, 말단끼리는 서로 참
돈독한 데가 있구나,
소싯적부터 오래 잘 알고 지낸 사이 같다.

그리운 북극

대구 달성공원 동물 우리의 북극곰 한 마리가 얕은 물 수조 속에서 쓰윽 나와 대낮 시멘트 바닥에 한 덩어리 천천히 웅크린다. 오랜 시간 움직이지 않는다.

제 몸 뭉쳐 만든 흰 섬, 너무 크다.

그러나 더 큰 북극,

극에 달한 절망과 외로움이 저런 의태를 낳는 것이라면

그렇지 않은가, 놈이야말로 지금

빙산의 일각이다.

나비

저 긴 수평선, 당신도 입 꽉 다물고
오래 독대한 흔적이 있다.
바람 아래 모래 위 우묵한 엉덩이 자국이여
온몸을 실어 힘껏 눌러앉았던
이 뚜렷한 부재야말로 날개 아니냐
저 일몰 속 어디 어둑, 어둑,
훨 훨 훨 깔리는 활주로가 있다.

3부

그늘이 있다

광명에도 초박의 암흑이 발려 있는 것 같다.
전깃불 환한 실내에서 다시
탁상용 전등을 켜야 하는 경우가 있는데
그럴 때 분명, 한 꺼풀 얇게 훔쳐 감추는 휘발 성분 같은 것
책이나 손등, 백지 위에서 일어나는
광속의 투명한 박피 현상을 볼 수 있다.
사랑한다, 는 말이 때로 한순간 살짝 벗겨내는
그대 이마 어디 미명 같은 그늘,
그런 아픔이 있다. 오래 함께한 행복이여.

철자법

겨울 포도밭 포도나무 넝쿨들은 줄줄이 팽팽하게 가로 질러놓은 철선을 따라 삐뚤삐뚤 끌려가고 있다.

그래, 삐뚤삐뚤 삐져나오는 이 철자법!

울퉁불퉁 만져지는 긴 문장이 거친 계류 같다. 결박당하지 않는 혈행이 있다. 이걸 붉게 마셨구나 혹한의 한 복판에다가 굵게 돋을새김하는, 그렇게 계속 길 뚫는, 오오매불망오매불망 가는,

자필의 끔찍한 기록이 있다. 달콤한 사랑?

산길에서 늙다

쟁기 대듯 잔뜩 등 구부리게 된다.

이랴, 이랴, 저를 몰게 된다.

가파를수록 잘 보이는 너덜거리는 몸. 헌 몸엔 연어의 길이 구절양장 나 있다. 시절, 시절이여 자꾸 발을 거는, 마음에 걸리는 돌부리가 많다. 그 온갖 거짓과 칼을 문 말들이, 그렇구나 온통 그대 상처, 세상의 이 거친 너덜이 되었구나,

이제 혀 내밀어 밭을 갈게 된다.

정취암엔 지옥도가 있다

정취암 한쪽 모서리가 이제 슬쩍 보인다.
거기 차게 걸리는 하늘 냄새가 고운 작설차 같다.
이 막바지 가파른 오솔길을 뱃속 깊이 마저 삼켜야
암자에 닿는다. 암자에 닿으면
또 터질 듯 한번 숨이 막히고
몸이 이루 천근이다. 그 짐 쿵 부려놓고 큰대자로
한참 널브러진다. 아, 날 뒤집어 널어놓은 걸까
귀목 한 그루의 굵은 뿌리가, 뿌리의 지옥도가
절개지 비탈에 드러나 무슨 짐승의 해부 같다.
제 마음끼리 구불텅 자꾸 뒤얽히는 내용인데
납작 이지러진 데도 있다. 적개심이나 오기 같은 거,
못 먹는 바위를 또 오래 깨물며 쪼개며 칭칭 감으며
지금도 사타구니에 덜렁 매달고 꿈틀대는 장면이,
잘못 든 길의 불알이 참 너무 무겁다. 저기
못 올라갈 고요가 우듬지 끝에 새파랗다.

각축

어미와 새끼 염소 세 마리가 장날 나왔습니다.

따로따로 팔려갈지도 모를 일이지요. 젖을 뗀 것 같은 어미는 말뚝에 묶여 있고

새까맣게 어린 새끼들은 아직 어미 반경 안에서만 놉니다.

2월, 상사화 잎싹만한 뿔을 맞대며 톡, 탁,

골 때리며 풀 리그로

끊임없는 티격태격입니다. 저러면 참, 나중 나중에라도 서로 잘 알아볼 수 있겠네요,

지금, 세밀하고도 야무진 각인중에 있습니다.

고양이

고양이 한 마리가 멀찌감치 나타났다.
나는 고민중이었으므로 이 사막 같은 마음에
저 무슨 말인가, 통째로 들어오는 고양이. 내 앉은 쪽으로 야금야금
다가오는 고양이, 희고 누런 얼룩무늬가 계속 섞이면서
갈라지면서 저도 뭔가 골똘한 고양이, 앙다문 입이
나사로 꼭꼭 조인 듯 야무진 고양이, 고양이는
날 거들떠보지도 않고 그냥 지나간다.
내게 무슨 터널이라도 뚫려 있는 것인지
털끝 하나 건드리지 않고 통과하는 고양이,
고양이가 가로지른 산책로 중간이 한번 툭, 끊긴다.
널 주시하던 시간이 그렇게 한번 툭, 끊긴다. 숲의 언덕 너머로 곧장
사라지는 고양이, 제 구멍 메운 것 같다.

집 근처 학교 운동장

집 근처 학교 운동장이다.
달빛이 가장 널리 전개되고 있다.
사람의 참 작은 몸에서 이렇듯 무진장,
무진장한 마음이 흘러나와 번지다니
막막하게 번진 이 달빛 사막에
우듬지를 잘라낸 히말라야시다의 캄캄한 그림자가
캄캄하지만 순하게 엎드리고 있다. 있는 힘껏
이별을 하고
내가 올라타는 것은 전부 낙타인 것 같다.
저 갈 길 이미 눈물로 다 잡아먹은 뒤
배밀이, 배밀이하는 배 같다.
그러니까 운동장엔 둥근 트랙,
흰 궤도가 있다.
한쪽 얼굴이 자꾸 삐딱하게 닳는 달,
저 수척한 달이
너에게로 하염없이 건너갈 수 있는 데가
집 근처 학교 운동장이다.

오지 않는 절망

기차는 이제 아주 오지 않는다.
지금부터 막 녹슬기 시작한 철길 위에
귀 붙여 들어보니 저 커다란 골짜기,
커다랗게 식은 묵묵부답 속으로
계속 사라지는 꼬리가 있다.
기나긴 추억이며 고생이며 상처일지라도 결국
망각 속으로 전부 빨려드는 것이냐
석탄층 깊이 깜깜 쌓여가는 것이냐
단풍 산악이 울컥, 울컥,
적막, 적막, 에워싸고 있다. 누구나 하관이 처지고
키가 길쭉해지면서 쓸쓸한 곳 구절리,
밭밑엔 토끼풀꽃 몇 자주색 빰이 싸늘하다.
가을이 깊으냐, 짐짓 한번 묻고 서지 않는 장날처럼
떠나야 하리. 무쇠 같은 사랑
구절리, 구절리역에다 방치해야 하리.
풍장 놓인 노천에서 오래 삭으리라.
침목을 베고 누운 환지통의 침묵,
뜨겁고 숨가빴던 날들은 늑골만 앙상하다.
막장이며 화전이며 벌목이며 석양에
아흔아홉 굽이 길 구부리던 검은 기차여
오지 않는 절망은 소리가 크지만
그리움이어서 저물도록 시끄럽지 않다.

발톱

왼쪽 엄지발톱이 탈이 났다.
발끝을 젖혀 정면으로 내려다보면 발톱 선이
길바닥에 그려진 유턴 표시처럼
오그라들면서 살을 파고든다. 당장
걷기가 불편하다.
'우렁이 발톱'이라는 것인데 그동안
마음이 길을 놓고 몸이 걸었다. 몸이 이제
말을 듣지 않는 첫 단추,
단초가 된다는 신호일까 일침, 일침, 깨물리는 자각이
있다.
천골의 뭉툭한 엄지발가락
발톱이, 한껏 부각된다. 말단을 들여다보게 됐다. 과거
란 정말
말라붙은 우렁이 껍데기 같다 싶다가도 한 발짝,
이 한 발짝 안에 또 걸리는 무슨
힘센 떡잎 같은 거,
끊임없는 촉발이 있구나 싶다. 먼 산모퉁이
돌아 들어가는 저 느린 궤적 끝을 마는
무덤 한 채, 앞날의 이
단단한 빈집이 잘 만져진다.

새해

저 해가 새것이다.
하늘에 떠오른 저 해가 완전히 새것이다.

새로 산 옷이나 가구, 새로 꾸민 거실 따위가 아니라 저
낯뜨거운 해ㅅ덩어리가 바로 새것이다. 싱싱한 느낌으로 사람들은
이른 아침 활짝 창을 열거나 어디
산꼭대기며 바닷가로 몰려가 힘껏 환호하며
가린 것 없는 어린 불의 불멸,
새해를 두 팔 벌려 맞아들이는 것이겠다.

해가 뜨는 것은 일상 자연현상이요, 새해란 인간 문명이 정해놓은 한낱 표시일 뿐
그 무엇이 달라질 것이며 또 새것이겠느냐만, 새해!
단층 옥상에서 봐도 확실히 더 붉은 것 같다. 어둠은 분명 눈앞에서 사라지고,
새해! 늑골 아래 한구석

빗장 따는 깨끗한 소리가 난다. 새해! '소지효과(燒紙效果)'가 있다. 용서라는 말, 사랑이라는 말,

희망이라는 말의
일출이여.

새로 떠올리는 밝은 마음, 만면 개벽인
저 해가 새것이다.

밝은 날 명암이 뚜렷하다

현관문을 연 순간 찰칵,
사진 찍힌 것 같다. 오랜 장마가
갈라 터진 것인데 환한,
깨끗한 소리가 났다.
온몸이 들은 장면이다. 살아 움직였다는 자각이
전면 화들짝 놀란, 그런 반사광의 표정이
흰 뜰에도 역력하다.

2003년 7월 23일, 오전 11시를 막 넘고 있다, 지금
이 햇살 아래 서 있다, 기념비적이다.

용서라는 말의 섬광이여

사랑한다고 말하려 하는 마음이 적는 저 느린 글씨,
지렁이 한 마리가 길게 스미고 있다. 어둠 속 깊이,
깊이 젖어야 뿌리가 되는 저 길……

헤아려보니 상사화 열두 송이,
그 새까만 그늘이 새것이다.

저수지

소나기 퍼붓는 날 그를 묻었다.

저수지 둑길을 길게 걸어나왔다.

연잎, 연잎 디디며 자욱하게 쌓이는 물,

검은 우산에 몰리는 빗소리가 많다.

그리하여 건널 수 없는 심연,

누군들 이 슬픔의 집대성 아니랴.

남의 죽음 빌려 쓰고 다 젖었다.

황조가

나 아무래도 그대를 떠날 수 없겠네
그런 마음이
먼 산모퉁이 돌아 구불구불 길 구부리며 올라오는 거, 구부려 늑골 아래로 파고드는 거
고갯마루에 주저앉아 내려다보네

사랑아

산새 한 마리 또 한 마리,
저희들 말로 희롱하며 노는 거 보네

밝은 구석

민들레는 여하튼 노랗게 웃는다.
내가 사는 이 도시, 동네 골목길을 일삼아
미음자로 한 바퀴 돌아봤는데, 잔뜩 그늘진 데서도
반짝! 긴 고민 끝에 반짝, 반짝 맺힌 듯이 여럿
민들레는 여하튼 또렷하게 웃는다.
주민들의 발걸음이 빈번하고 아이들이 설쳐대고
과일 파는 소형 트럭들 시끄럽게 돌아 나가고 악, 악,
살림살이 부수는 소리도 어쩌다 와장창, 거리지만 아직
뭉개지지 않고, 용케 피어나 야무진 것들
민들레는 여하튼 책임지고 웃는다. 50년 전만 해도 야산 구릉이었던 이곳
만촌동. 그 별빛처럼 원주민처럼 이쁜 촌티처럼
민들레는 여하튼 본색대로 웃는다.
인도블록과 블록 사이, 인도블록과 담장 사이,
담장 금간 데거나 길바닥 파인 데,
민들레는 여하튼 틈만 있으면 웃는다. 낡은 주택가,
너덜거리는 이 시꺼먼 표지의 국어대사전 속에
어두운 의미의 그 숱한 말들 속에
밝은 구석이 있다. 끝끝내 붙박인 '기쁘다'는 말,
민들레는 여하튼 불멸인 듯 웃는다.

서쪽이 없다

지금 저, 환장할 저녁노을 좀 보라고
휴대전화 문자메시지가 떴다. 얼른
현관문을 열고 내다봤다. 지척간에도 시차 때문인지,
없다. 15층짜리
만촌 보성아파트 107동
기역자 건물이 온통 가로막아 본연의 시뻘건 서쪽이 없다.

시뻘겋게 녹슬었을 것이다.
그 죄 사르지 않는 누구 뒷모습이 있겠느냐.
눈물 훔쳐 물든 눈자위, 퉁퉁 부어오른 흉터 같은 것으로 기억하노니
아름다운 여분, 서쪽이 없다.

말하자면 나는 이미 그대 사는 곳의 서쪽.
이 집에 이사 온 지도 벌써 10년 넘었다. 인생은 자꾸
한 전망 묻혀버린 줄 모른다, 몰랐다. 다만
금세 어두워져, 저문 뒤엔 저물지도 않는다. 어여쁜 친구여

무엇이냐, 분노냐 슬픔이냐 그 속 뒤집어
널어놓고 바라볼 만한 서쪽이 없다.

집에 전화를 걸다

벼가 누렇게 익어가도 바람이 찬지
들녘 한복판에 저 소나무 두 그루 지금 무슨 말 나눴는지
말하지 않고도 그 마음,
그건 그렇다 그렇다 싶은지 먼 강
아래쪽이 저무는지 산이 저물려 하는지
구부정한 그대 발치에 그늘 느는 것 슬쩍 훔쳐봤는지
좀더 가까이 손 당겨 잡는지 나는
집에 전화를 걸어보네, 신호가 가는 동안 저 소나무 두 그루
사이, 이
가을 행간을 무엇으로 다 메우는지

끝

아름드리 히말라야시다가 베어지고 없다.

사방 시퍼렇게 뻗던 무성한 가지들이 홰치며 날아올랐을까,

커다란 새처럼

갑자기 사라져 바닥이 되었다. 서늘한 부재의 눈먼 휜 자위가

앞이 없는 어떤 입구가 되었다. 돌연한 죽음이여

이 뚜렷한 공백이 여지없는 끝, 배어나오는 수액이 송글송글 맑다.

송글송글 맺히는 피땀의 비린 생시가

찬 따 묻힌 채 아직은 깨끗하고 생생하다.

4부

짜이

—인도 소풍

인도에서는 마시는 차를 '짜이'라 부른다.
무슨 가축의 젖을 원료로 쓴다고 하는데, 그래서 그런지
달착지근하니 약간은 비린 맛을 풍긴다.

내가 아, 빤히 올려다보며 빨아먹은 어미는 도대체 몇
왕생 몇몇이었을까
윤회를 믿는 신비한 나라,
인도 미인들의 검은 눈은 깊고 그윽하다.

기차가 몰고 온 골목

—인도 소풍

인도 대륙을 기차로 이동하는 동안은 지루합니다. 잠깨고 보니 기차가 또 서 있는 중이었고, 이른 아침이었습니다. 무슨 일 때문인지 이번엔 아무런 역도 아닌 인적 드문 어느 농촌 들녘 같았습니다. 그런데요, 우리가 탄 기차와 나란히, 그러나 교행하는 다른 기차가 또 한 줄 건너편에 서 있었고요, 초라한 행색의 사람들이 쏟아질 듯 모두 이쪽을 건너다보고 있었습니다. 그때, 양쪽 기차에서 우르르 쏟아져내린 잡상인들이 이리저리 뛰며 뭐라 뭐라 외쳐댑니다. 여럿이 까치발 들며 바구니에 담긴 것, 손에 든 것들을 차창에 갖다대며 흔들며 갑자기 되게 북적댑니다. 기차가 다시 움직였는데요, 하지만 이렇다 할 추억이 없으니 만나고 헤어지는 일 또한 어떤 죄도 아니었고요, 그 사람들은 외국인인 우리 일행한테 특히 많은 호기심을 보였는데요, 서로가 참 제 나라말로 손 흔들거나 웃거나 하면서 작별하면서 다만 저릿하게, 한줄기 길게 통하는 것, 그걸 잠시 내다보았습니다.

하룻밤을 꼬박 새워 도착한 기차와 기차 사이, 기차가 몰고 온 기나긴 골목 하나가 꿈틀, 장터거리처럼 문득 거기 생겨났고요, 그 끝이 한바탕 일출중이었습니다. 몇백 년, 몇천 년에 걸쳐 몰고 온 것일까요. 낡은, 오랜 그 골목에서 우리, 한때, 한세상 와글거린 적 있습니다.

빨래궁전

—인도 소풍

야무나 강변 작은 촌락 한 움막집에, 그 집 빨랫줄 위로 옛날 옛적 사랑 많이 받은 왕비의 화려한 무덤, 타지마할궁전이 원경으로 보입니다. 궁의 둥근 지붕이 거대한 비눗방울처럼, 분홍 엷은 나비처럼 아련하게 사뿐 얹혀 있고요, 빨래가, 원색의 낡고 초라한 옷가지들이 젖어 축 처진 채 널려 있습니다.

족보에도 없는, 이 무슨 경계일까요. 오색 대리석으로 지어졌으나 죽음은 그 어떤 역사에도 불구하고 말할 수 없이 가볍고 가벼워서 짐이 없는데요, 삶이란 또 몇 벌의 누더기에도 당장 저토록 고단하고 무겁습니다.

그러나 그때,

어린 새댁이 하얗게 웃으며 얼른 움막 속으로 숨어버렸는데요, 개똥밭에 굴러도 역시 이승에 땡깁니다. 오래 내 마음을 끄는 그녀의 남루한 빨래궁전 쪽, 저 검고 깊은 눈이 전적으로 아름답습니다.

말라붙은 손
—인도 소풍

땔감으로 쓰는, 건디기라는 쇠똥덩어리가 있습니다.
쇠똥에 찰흙과 지푸라기 같은 걸 잘 섞은 다음
커다란 쟁반만하게 주물러 널어 말려 쓰는데요,
이 일은 주로 여인네들이 합니다. 그러니 이 쇠똥덩어리마다엔 어김없이
눈 깊어 안타까운 그늘,
그 무표정한 얼굴의 야윈 손자국이 낭자하게 말라붙어 있지요.

현지의 어느 작은 마을 호텔 앞에서 그날 새벽
할일이 없는 한 사내와 손짓 발짓
상통하며 이 건디기불을 피워봤는데요, 나는 문득
함께 못 온 아내에게 미안했습니다. 돈 번다고 혼자 고생만 하는
늙은 아내의 월급봉투에도 물론 이런 손자국
무수히 말라붙어 있는 거라 생각하면서, 매운 연기를 피해
이리저리 고개 돌리며 자꾸 이 사내와 함께 찔끔거렸습니다.

먹구름 본다

—인도 소풍

새벽 차가운 거리에
인도(人道) 여기저기에 웬 누더기 이불들이 시꺼멓게,
뭉게뭉게 널려 있습니다.

저 한군데
이불자락이 자꾸 꼼지락거리더니 아,
젖먹이 아기 하나가 앙금앙금 기어나오는군요.
노란 물똥을 조금 쨀겨놓고
제 자리로 얼른 기어듭니다.

너무도 참 자발적 동작이어서
'서식'이란 말이 뇌리에
거미처럼 달라붙었다 퍼뜩 떨어집니다.

아기가 단숨에 기어든 이 바닥은 사실
이역만리보다 멀어서
그 어떤 여행으로도 나는 가 닿을 수 없고요,
멀어서인지 잠잠, 아무 소리도 들리지 않습니다.

다만 여러 굴곡을 안에서 묶는 오랜 이불 속 사정이
그나마 한 자루 그득하게 꿈틀거리며
먹구름, 먹구름 흘러갑니다.

시타르를 켜는 노인
—인도 소풍

음악을 모르는 내게 이역만리 저 너머로 자꾸 귀 대게 하네.

방뇨 자국과 온갖 쓰레기가 지저분한 좁은 골목길을 벗어나자
마침내 갠지스 강물이 보이고, 강변 화장장이 보이네.
죽음을 태우면 비로소 혹독한 생의 냄새를 알 수 있네.
사람들로 꽉 찬 그 골목 막바지에
높이 쌓인 장작 야적장 입구에
초라한 방, 슈 사리타 음악당은 있네. 전통 악기 시타르는 비스듬히 선 채
작은 엉덩이가 무척 앙증맞고 이쁘네. 노인의 앉은키보다 훨씬 길어서
어지럽도록 목이 긴 미인 같네. 넝쿨손처럼
시타르를 타고 올라가는 노인은 숱이 적은 웨이브, 백발이네.
오래전 아내를 잃고
이제 이곳으로 흘러들어와 죽을 날을 기다리네.
날갯짓처럼 야윈 체구, 입을 다문 눈빛이 멀리, 더 멀리 고요해지고 있네.
나부끼는 머리카락은 그러나 한바탕 억새, 그 위에 사뿐 저 몸 얹으리.
어느 날은 또 젊은 시타르가 홀로 우두커니 어두운 방을 지키겠네.

은빛 물고기 한 마리가 나비처럼 거슬러올라가는
강. 지금은 또 느린 선율, 석양 지나가는 갠지스를 듣네.

굴렁쇠 우물

—인도 소풍

이른 아침, 숙소 현관 앞이 갑자기 소란해졌습니다.
우리 일행의 체크아웃 시간에 어떻게 맞췄는지
두 아이의 즉석 거리 공연이 그렇게 벌어진 것인데요,
열두어 살짜리 남자아이는 앉아 북을 두드리고
그보다 훨씬 어린 여자아이는 연신 땅재주를 넘으며
제 몸, 제 굴렁쇠 속으로 여러 번 가냘프게 흘려넣고 있습니다. 세상에,
빛나는 것이라고는 손때 묻은 굴렁쇠와 검은 눈뿐
아이는 한 뭉테기 넝마처럼 사정없이 뒹굽니다. 아이가 자꾸 짚으려는
여기는 인도, 여기는 델리, 여기는 빈민가
추운 날씨의 지저분한 길바닥은, 아이를 옥죄는 저 싸늘한 굴레 속은
도대체 얼마나 깊은 것인지요, 오래된 시원
쿠트브 미나르의 낡은, 동그란 우물 속을 들여다보는데요,
돌로 쌓아올린 안쪽 입구에 웬 가느다란 넝쿨식물 한 줄기가 서너 뼘,
아래로 처져 어린 나이처럼 한사코 파들파들 팔 뻗습니다. 아,
깊지 않은 운명이란 없고
앞날은 이미 깜깜해서 손끝에 만져지지 않습니다.

모닥불

—인도 소풍

추운 사내가 검은 콘도르처럼 혼자 쭈그리고 앉아 모닥불을 쬡니다.

마분지나 헝겊, 판자 쪼가리 같은 쓰레기들을 주워모아 만든 꽃이기도 한데요,

저렇듯 정성껏 퍼 담아 피워올리는 딱 1인분씩의 모닥불이 하늘의 눈인 양

극빈의 두 손을 자세히 들여다보는 밤이 흘러갑니다.

모닥불 1

—인도 소풍

이른 아침, 간밤의 추운 사내들이 딱 1인분씩 피워올렸던 모닥불 자리엔 어김없이

이곳 거리의 떠돌이 개들이 웅크린 채 코를 박고 있는데요, 녀석들의 몸에 꼭 맞춰 전달한 것 같은 한 채의 동그란 온기가 무슨 자궁 속처럼 소복하게 숨쉬고 있습니다. 그러나

대부분의 개들이 지독한 피부병에 걸려 있어서

시뻘건 욕창이 등가죽에다 꽃 박아놓은 것 같습니다. 커다란 소들이 비명도 없이 그 쓰라린 데를 끔벅끔벅 지나가고요,

소음과 매연으로 꽉 차 지옥같이 들끓는 거리를 참 느리게 통과하면서 큰 눈이 자꾸 더 깊어지는지요,

깊어져 진실로 아름다워지는지요, 먼 데를 보는 사람들이 무표정하게 오래 흘러갑니다.

모닥불 2

—인도 소풍

저물어 어두운 거리엔 오늘도 여기저기 사람들의 모닥불들이 뜨고요,
갠지스강 밤 강물엔 오늘도 많은 사람들이 촛불 실어 보내는데요,
저 무수한 별들과 조응하며 오늘도 하염없이 반짝이는 것입니다.

한평생, 아 하루하루 쌓아올린 불의 탑이여
강가 화장터엔 한 죽음이 장만한 나지막한 높이, 딱 1인분의 장작더미에도 불이 당겨지고요, 마지막 모닥불이 이제
추운 생의 상처까지도 남김없이 활활 꽃피웠다가
밤하늘 깊숙이, 어느 자궁 속에다 따뜻하게 심어놓는 것입니다.

갠지스강
—인도 소풍

젖이 도는 시간이 밝새 아름다운 이른 아침일까.
해 뜨기 전후 얼마 동안
갠지스 강물이 가장 따뜻하다고 한다. 강변 화장장에서는 또
다음 차례 주검을 물에 씻기고 한편에선
시꺼먼 재를 물에 쓸어넣고 있다. 더러
덜 탄 발목 같은 것도 섞여 있다고 한다. 사내들은
그 물에 빨래를 하고
또 수많은 사람이 멱감고 있다. 머리 꼭대기까지 세 번씩들
자무래기하면서
물을 머금었다 뱉기도 하는 짓이 무슨 의식 같기도 하다. 저런,
저 물로 뒷물질, 양치질하고 음식을 해먹는 등
갠지스 강물은 이 도시, 바라나시 시민이며
이곳을 찾는 각처 숱한 여행객들의 생활용수라고 한다. 이제
사원에서들 내려와 둥근 놋 항아리로 강물을 길어 나르는 시간,
성수를 모셔 담은 저 번쩍이는 것이
갠지스강 마지막 구절 끝에 다시 한번 야무지게 박히는 것 같다.
인간의 모든 내용이 함께 출렁이며 몽땅
무르녹아 흐르는 강. 삶과 죽음은 한줄기다, 뭐 그런

공부가

　여기서는 참 완전 실황이어서 내게도 쉽게 읽힌다. 비린
　가축의 젖내가 나는 '짜이',
　나도 강 바라보며 여러 잔 무심히 달게 마셨다.
　햇살 받는 저 금빛 마침표, 이곳 사람들은 일말의 의심
도 없이
　갠지스강을 영원한 천상의 어머니라 부른다.

새
—인도 소풍

좁은 골목길을 중심으로 다닥다닥 붙은 낡은 건물들의 출입구엔 문이 없다.
문이 없으므로 그 속 다 들여다보이는데, 깜깜하다.
아무것도 보이지 않아 궁금한 저 커다란 구멍 속 같은 데서 갑자기
서너 살짜리 여자아이 하나가 튀어나와 빤히 올려다보며 뭐라 뭐라 재잘거린다.
'푸자'라는 이름의 게스트 하우스, 그 골목 끝의 숙소를 드나들 때마다
아이는 어찌 알고 톡톡 튀어나와 제 말을, 그 작고 동글동글하게 생긴 무슨 견과류 새까만 씨앗 같은 것을 자꾸
내게 던져올리며 무수히 심어주는 것이다.
화장장이 있는 갠지스강, 강변 도시 바라나시!
소 한 마리가 느리게 걸어 폭이 꽉 차는 골목길은 온갖 쓰레기와 배설물로 뒤덮인 진창인데, 그렇듯
삶과 죽음의 냄새가 완전히 한 패거리로 흐르는 통로를 콩콩 울리며
아이의 말소리가 참, 이슬 구르듯 맑고 맑다.
누가 아이의 소리를 통역할 까닭 있을까, 이번엔 또
엄마 옆구리에 얹혀 안긴 채 웃는 아이, 아이를 안은 여자의 검은 눈빛이 깊어 아름다운데, 오래된 우물 같은 출입구의 바닥 모를 어둠,
서늘히 오는 이 그늘에 대해 지그시 눈감게 된다.

우거지는 만신의 신성한 숲, 거기 내가 만난 새, 끊임없이 말을 거는 갠지스, 먼 인도여, 가슴 깊은 데 영롱한 내 어머니여.

불가촉천민
—인도 소풍

인도엔 불가촉천민이라는 밑바닥 계급이 있다.
생지옥, 검댕이 같은 저들과는 행여 옷깃도 닿지 말라 한다.

11억 인구 중
다만 홀로 무표정한 사람들, 사내여
갠지스 강변 화장장에서도 묵묵히 일만 한다.

물에 주검을 씻기고 불에 망자를 놓아 멀리 풀어주면서
비로소 만나는 타인,
그러나 모두 죽은 후여서 역시 나눌 말 없겠다.

하루를 산 그 시꺼먼 죄, 재, 느린 물살에 쓸어넣고
그때마다 단독으로 흐르며 하늘을 본다. 수만 신을 섬기는 나라,
다음 세상에서
좋은 신분으로 태어나는 것을 굳게 믿는 사람들,

사내여, 생의 허허벌판을 빠는 저 한 그루 굽은 나무처럼
아, 피가 희겠다. 스스로
외딴 사원이며 그 종인 몸, 어느 날 순교하겠다.

기차를 누다

—인도 소풍

저녁에서 아침까지 가는 장거리 기차였습니다. 화장실에 가서 쪼그리고 앉으니, 발 디딘 데가 옛날의 '통시 부틀' 같았습니다. 아 그렇게 쪼그리고 앉아 있어봤자 사흘째 뒤가 막혀서, 한반도 사정처럼 땅덩이 모양처럼 뒤가 꽉 막혀서 오금쟁이만 잔뜩 저려왔습니다. 에라, 와그닥닥 닥닥 거대한 기차만, 기차 소리만 대륙적으로, 대륙진출적으로 한바탕 누고 나왔습니다.

문학동네포에지 042

쉬!

© 문인수 2022

1판 1쇄 발행 2006년 1월 27일 / 1판 5쇄 발행 2009년 5월 30일
2판 1쇄 발행 2022년 2월 15일

지은이—문인수
책임편집—김동휘
편집—김민정 유성원 송원경 김필균
표지 디자인—이기준 이현정
본문 디자인—이주영
마케팅—정민호 이숙재 김도윤 한민아 정진아 이가을 우상욱 박지영 정유선
브랜딩—함유지 함근아 김희숙 정승민
제작—강신은 김동욱 임현식
제작처—영신사

펴낸곳—(주)문학동네
펴낸이—김소영
출판등록—1993년 10월 22일 제406-2003-000045호
주소—10881 경기도 파주시 회동길 210
전자우편—editor@munhak.com
대표전화—031-955-8888 / 팩스—031-955-8855
문의전화—031-955-2696(마케팅), 031-955-8875(편집)
문학동네카페—cafe.naver.com/mhdn
트위터—@munhakdongne
북클럽문학동네—bookclubmunhak.com

ISBN 978-89-546-8515-3 03810

www.munhak.com

문학동네